CINQUIÈME

SATIRE,

LITTÉRAIRE, MORALE ET POLITIQUE.

CINQUIÈME

SATIRE,

LITTÉRAIRE, MORALE ET POLITIQUE,

ADRESSÉE

A L'ABBÈ SICARD,

PAR JOSEPH DESPAZE.

A PARIS,

Chez HAMELIN, libraire, Palais du Tribunat, galerie du Théâtre de la République, vis-à-vis le Café Saintard; et les Marchands de Nouveautés.

IMPRIMERIE DE CHAIGNIEAU AINÉ,

AN IX.—1801.

AVANT-PROPOS.

Les plus courtes comme les plus longues Préfaces ont toujours un inconvénient. Il faut bon gré, mal gré, que l'auteur y parle de son travail : emploi difficile, tâche délicate, dont je voudrais pouvoir m'affranchir. Mais l'ouvrage que je publie n'a pas de titre; le sujet que j'y traite est compliqué; j'y associe quelquefois les idées politiques aux idées littéraires; je tente souvent d'y mettre l'exemple à la place du précepte. Tout cela me condamne à tracer quelques lignes d'explication.

Il n'existe, dans notre langue, aucune poétique de la satire. Cependant le genre satirique a plus besoin que tout autre d'être soumis à des lois. Si l'écrivain, qui dit du mal d'autrui, s'abandonne à l'arbitraire; s'il raille, de préférence, le mérite honoré; s'il flétrit la réputation d'un seul homme irréprochable, on ne voit plus, on ne doit plus voir en lui qu'un rival bassement envieux ou un insolent diffamateur. Sa plume devient presqu'aussi coupable que le glaive de l'assassin. D'un autre côté, la France a changé de face depuis l'époque où Boileau semblait avoir suppléé, comme censeur, à la théorie par la pratique : le mauvais goût, le ridicule, le vice qu'il poursuivait, ne sont pas aujourd'hui les seuls monstres à combattre. Une longue série d'événemens a forcé les citoyens à s'occuper de leurs destinées; de nouveaux principes, un nouveau système, ont fait de la politique le domaine de chacun; et il est tout simple que la satire s'y permette quelques excursions. Ce privilège, si précieux pour elle, ne saurait lui être contesté; mais elle en a usé jusqu'ici sans mesure comme sans discernement. Nous l'avons vue, durant plusieurs années, prendre la haine des lois pour l'amour de l'ordre; confondre, à l'égard des hommes et des choses, les premières notions du juste et de l'injuste, parler de tout au gré des passions, substituer l'extravagance au zèle, la révolte à la fierté, et se procurer ainsi le triste honneur de concourir, pour quelque chose, au bouleversement général. Ses nombreux écarts ont indigné les bons esprits. Ce qu'elle était a fait songer à ce qu'elle pouvait être : on a voulu se fixer sur la nature de ses fonctions, sur les limites qu'il importait de lui assigner, sur le caractère qu'elle devait prendre; et, dans l'examen approfondi d'un art, toujours nouveau, puisqu'il change avec les mœurs des peuples et la forme des gouvernemens, les questions se sont présentées en foule. On a dit :

« Les dégoûts inséparables du genre satirique,
» ne devraient-ils pas en éloigner tout homme
» sage? —

» La satire a-t-elle jamais été utile? le serait-
» elle à l'époque où nous vivons? —

» Peut-elle avoir une marche sûre et un but
» déterminé? —

» Le style véhément lui convient-il mieux que
» le ton badin? —

» Se borne-t-elle à des esquisses particulières?
» ou bien s'impose-t-elle l'obligation de peindre
» en grand comme l'histoire? —

» Se décidera-t-elle à nommer? et, dans ce
» cas, nommera-t-elle indifféremment l'homme
» et l'artiste, l'auteur et le citoyen? Ses coups
» atteindront-ils les femmes mêmes? —

» Se jouera-t-elle des droits de l'amitié? —

» Pourra-t-elle s'élever contre certaines lois et
» réclamer certaines réformes sans se rendre cou
» pable de rebellion? —

» Dérogera-t-elle quelquefois à la causticité de
» son humeur? Louera-t-elle? —

» Lorsqu'on n'aura pas entendu sa voix, brave-

» ra-t-elle l'inconvénient de reproduire les mêmes
» idées en reproduisant les mêmes objets ? —

Tels sont aussi les points principaux que j'ai
tâché de résoudre, tantôt par des préceptes di-
rects, tantôt par des exemples, hasardés avec
défiance, mais nécessités par la nature de l'ouvrage ; car je fesais, sur la satire, *une satire* et
non *un traité*. Ces deux mots expliquent mon
plan ; l'aperçu qui les précède, donne une idée
de mon sujet. Un plus long préambule serait inu-
tile. Il est temps que je me livre au public, au
public, juge impassible, qu'on ne persuade pas
par l'assurance, qu'on ne désarme pas par l'hu-
milité, et devant lequel tout écrivain sincère,
mais raisonnable, doit peut-être se borner à dire:
j'espère et je crains.

CINQUIÈME
SATIRE
A L'ABBÉ SICARD.

ILLUSTRE et cher abbé, dont les soins bienfaisans
Dirigèrent mes pas dès mes plus jeunes ans,
Alarmé du projet, dont le charme m'attire,
Tu me peins les dangers qu'entraîne la satire.
Je les connais. L'orgueil, l'amour-propre irrité,
Me devait un salaire, et s'est bien acquitté.
A peine ces essais, où ma muse aguerrie
Combat pour les beaux arts, les mœurs et la patrie,
Eurent chez mon libraire attiré les lecteurs,
Et fixé du public les regards si flatteurs,
On me crut dangereux, on daigna me poursuivre :
On accusa mon cœur, on disséqua mon livre.
La rapide vengeance arma de tous côtés
Nos rimeurs, nos acteurs, nos peintres ameutés.
Quel vacarme bon Dieu ! *Landon* plaida leur cause,
Au tribunal public, en dix lignes de prose.
Lemercier, pour Ophis vivement alarmé,
Cria comme un oison qu'un renard a plumé ;
Granié lança sur moi sa pesante brochure ;
Boilly me menaça d'une caricature ;
Sades fit, par trois fois, le serment solennel
De m'intenter, en forme, un procès criminel ;

Vanhove, un peu raillé, m'accusa d'insolence;
Saint-Pris avec humeur commenta mon silence.
De bons mots, de brocards, je me vis accablé,
Ici, pour m'être tû, là, pour avoir parlé.
Ce n'est pas tout. *Dubost* voulut punir l'audace
D'un U qui, dans mes vers, d'un A surprit la place,
Et, pour ce grand forfait, atteint d'un plomb brûlant
Sur un lit de douleur je fus jeté sanglant.
O Dieu ! des bons écrits source auguste et première,
Dieu, fatal à *Cournand* et terrible à *Pinière*,
Phœbus, de quels malheurs ce revers fut suivi !
Tandis qu'à mes côtés, de concert, à l'envi,
Heurteloup et *Vergez*, allégeant ma souffrance,
Par leurs soins bienfaiteurs me rendaient l'espérance,
Les innombrables nains que j'avais fustigés,
Enhardis, triomphans, loin d'être corrigés,
Changeaient, par leurs caquets, mon état en martire.
Desorgue m'invitait à quitter la satire ;
Pillet Dandin, fidèle à ses premiers sermens,
Dans quatre longs extraits jugeait mes jugemens;
Lemercier m'expliquait cet art si difficile
D'unir au naturel l'élégance du style ;
Le Sur, du double mont me frayant le chemin,
M'apprenait le français son Epopée en main;
Et le bon *Mazoyer*, qui mit, quoiqu'on en glose,
De l'aveu des Neuf Sœurs, *l'Art poétique* en prose,
M'offrant à *Thélusson* un généreux secours,
Voulait, exprès pour moi, recommencer *ses cours.*
D'autres, un peu choqués de ces rimes jalouses
Où j'effleurai l'honneur de leurs chastes épouses,
Contre moi chaque soir, dans leur brillant quartier,
Soulevaient, à grand bruit, un sexe tout entier.

D'autres aux magistrats disaient, pleins d'assurance,
Que, dans mes vers affreux, je diffamais la France,
Comme si les brigands, dont j'ai peins les excès,
Quoique nés parmi nous, avaient rien de français !
   Voyez dans ce récit, dont votre ame est frappée,
De vos ennuis futurs l'image anticipée,
Vous tous qui, par l'espoir de cueillir un laurier,
Engageâtes vos pas dans le même sentier ;
Et n'en suivez pas moins l'ardeur qui vous transporte.
Des soucis, des dangers vous attendent. Qu'importe ?
Ce fier navigateur sous le pôle a péri ;
Cet esculape meurt du mal qu'il a guéri ;
Ce savant, de son art déplorable victime,
Tombe dans le Volcan dont il sondait l'abyme.
Ainsi le veut le sort. Ses décrets souverains
Font payer cher l'honneur de servir les humains.
Mais un honneur si beau vaut bien le prix qu'il coûte.
Allez, songez au but et non pas à la route.
Affrontez, sans pâlir, d'importunes clameurs ;
Et, généreux soutiens du bon goût et des mœurs,
Souriez de pitié lorsqu'un esprit rebelle
Compare insolemment la satire au libelle.
   La satire ! Sa tâche est pénible à remplir.
On peut la détester ; on ne peut l'avilir :
Contre les vains assauts d'une foule stupide
Horace et *Juvenal* lui prêtent leur égide.
Son fouet, à coups pressés, corrige les travers ;
Le poids de sa massue accable les pervers.
C'est elle qui, du haut de la double colline,
Fait frémir la débauche au nom de *Messaline*.
Barrus, après mille ans, et pour bonnes raisons,
Va loger, par son ordre, aux Petites-Maisons.

Sous la faux du trépas lorsque *Séjan* succombe,
De fantômes hideux elle entoure sa tombe,
Le roule dans le Stix d'épouvante glacé,
Et l'abreuve, aux enfers, du sang qu'il a versé.
Oh ! que j'aime à la voir dédaigneuse, intrépide,
Espiègle aux ris moqueurs, et farouche Euménide,
Arracher la sottise à ses illusions,
Et de leurs oppresseurs venger les nations !
Elle n'épargne rien dans sa fougueuse audace :
Elle atteint les flatteurs, les grands, la populace.
A sa noble fierté tout reconnaît ses droits ;
Elle veille et punit dans le sommeil des lois,
Et, sur l'homme exerçant une utile contrainte,
L'enchaîne ou le conduit au devoir, par la crainte.
  Loin du sentier des mœurs chaque peuple égaré
Eut besoin à son tour de ce guide sacré.
Mais son zèle, en tout temps, en tout lieu salutaire,
Jamais, à nos français, ne fut si nécessaire.
Jouets de la licence et des partis jaloux,
De désordre en désordre emportés malgré nous,
Nous vécûmes dix ans au milieu des tempêtes :
L'édifice des lois a croulé sur nos têtes ;
De notre antique honneur le laurier s'est flétri ;
Le crime a gouverné, la morale a péri.
Et maintenant.... des cœurs la bassesse dispose.
Après tant de forfaits le vice est peu de chose !
On n'en sait plus rougir ; et chaque citoyen,
S'il n'a versé le sang, se croit homme de bien.
Dans les plus vils excès on s'avoue, on s'estime ;
Hors la férocité, tout semble légitime ;
C'en est fait. Les pervers succèdent aux bourreaux.
  Enfans de *Juvenal*, saisissez vos pinceaux.

Adversaires fougueux des erreurs et des vices
Votre maître écrivit dans des temps moins propices.
Cependant n'allez pas , sans respect pour votre art,
Condamner , attaquer, et frapper au hasard.
Consultez la raison, marchez à sa lumière ,
Fournissez noblement une utile carrière ;
Laissez le zèle aveugle à vos obscurs rivaux ,
Et connaissez d'abord le but de vos travaux.
Vous devez de l'intrigue épouvanter l'audace ;
Remettre après dix ans l'honnête homme à sa place ;
Flétrir les vils calculs de la cupidité ;
Rendre aux lois de l'honneur leur sainte autorité ;
Et, sur l'amour du bien fondant votre génie,
Dans le monde moral rétablir l'harmonie.
Sur-tout qu'à l'équité votre Apollon soumis,
Juge sans passion , même vos ennemis :
Il le faut. Le public, soit qu'on blâme ou qu'on loue ,
Casse bientôt l'arrêt que Thémis désavoue.
L'esprit ne fuffit point. La loyauté, la foi
Peut seule à vos écrits donner force de loi.
Si, dans l'injuste excès d'un courroux légitime,
Vous dites que *Barrère* était né pour le crime,
Que son cœur en secret, d'accord avec sa voix,
Fut cruel, fut barbare, et par goût et par choix :
Dix lecteurs, à ce mot, vont prendre sa défense.
Mais peignez-le soumis au Néron de la France ,
Du haut de la tribune insultant à nos pleurs,
Parsemant ses discours de meurtres et de fleurs ,
Transformant, dans ses jeux, pour plaire à son idole,
Le carnage en calcul et le sang en Pactole.
Et ses amis alors , loin de vous démentir,
Ne vous parleront plus que de son repentir :

Lui-même, à vos pinceaux forcé de rendre hommage,
Il frémira d'horreur devant sa propre image.
    « Bon ! s'écrie un pédant (que la satire aigrit,
Mais qui l'aimerait fort s'il n'avait pas écrit,
Et si poète-époux il était, dans son ame,
Et plus sûr de ses vers, et plus sûr de sa femme)
» Vous venez, je le vois, imiter, assez mal,
» Dans ses fougueux transports, l'effréné *Juvenal.*
« Combien il sera doux d'entendre vos adeptes,
» Pratiquant, à leur tour, vos augustes préceptes,
» En lions déchaînés, rugir, de toutes parts,
» Pour le salut des mœurs et la gloire des arts ! »
    Eh ! mon cher, la satire, implacable déesse,
Sous les traits d'Alecton ne s'offre pas sans cesse.
Sœur de la Comédie, elle sait à propos
Emprunter à Momus son masque et ses grelots ;
L'enjoûment, quelquefois, lui donne l'air aimable :
Elle ne traite pas un sot comme un coupable.
Ces romans si courus, ces vers si délaissés,
Ces drames d'allemagne au Péron entassés,
Ces couplets, où des fous, que le hasard rassemble,
Font lutter chaque soir deux théâtres ensemble,
Ces extraits, où l'auteur, par lui-même vanté,
Se départ le génie et l'immortalité,
Tout cela lui plaît fort. Quand le chantre débile
Du vieux grec, qui chanta la colère d'Achille,
Fait, pour l'amusement de l'esprit et des yeux,
Dans la tête d'un homme entrer vingt mille Dieux ;
Quand *Jouard, dans son mot,* vante la médecine,
Les femmes, *Pelletan,* Despréaux, *la vaccine,*
Parle latin, traduit le grec qu'il n'entend pas,
S'attendrit, en passant, sur le sort des états,

A son texte diffus joint des notes immenses ,
Et trouve le moyen de citer ses romances ;
Quand *Nisas* , aux *Français* , d'anathême frappé ,
Pour un vers malheureux à sa muse échappé ,
Banni de l'Hélicon et sifflé par la ville ,
Au sein du *Tribunat* va chercher un asile ;
Quand *Esménard* , long-temps éloigné de nos bords ,
De son parti vaincu reconnaissant les torts ,
Arrive le laurier , le chêne sur la tête ,
Se proclame à la fois patriote et poète ,
Aborde le pouvoir , on ne sait trop comment ,
Touche d'un double emploi le double traitement ,
Et chef dans son bureau , comme dans son Mercure ,
Soumet tous les écrits à sa double censure ;
Quand *l'aimable Vieillard* , au bon goût immolé ,
Rend le dernier soupir dans les bras de Molé ,
La Satire triomphe. Elle bénit le zèle
De ces nains complaisans qui travaillent pour elle.
Elle les raille un peu , mais sans les offenser ,
Même en les corrigeant s'abstient de les blesser ,
Et ressemble , en un mot , dans sa maligne joie ,
Au chat vif et lutin qui joue avec sa proie.
Mais si d'autres objets ont frappé ses regards]
Si le crime orgueilleux s'étale dans des chars ,
Tandis que l'innocence , un moment égarée ,
De retour sur nos bords , languit désespérée ,
Et va tendre la main , en détournant les yeux ,
Aux portes du château qu'ont bâti ses aïeux ;
Si l'intrigue soutient , quand Plutus la couronne ,
Que dépouiller le fisc c'est ne voler personne ;
Si dans ses jeux cruels le divorce effronté ,
Sur l'autel du Parjure , immole la beauté ;

Si l'athéisme enfin , monstre né de l'envie,
Arrache au malheureux l'espoir d'une autre vie;
Elle s'indigne, éclate en accens furieux,
S'arme de ses carreaux et tonne pour les Dieux.
Vous donc , qui la servez, vous, écrivains caustiques,
Que ma muse conseille en rimes didactiques ,
Ne soyez ni fougueux, ni badins par projet,
Laissez-vous , sans effort , entraîner au sujet.
Vous aurez fait déjà quelques pas vers la gloire.
  Poursuivez, consultez et le monde et l'histoire.
Comparez l'homme à l'homme. Aussi bien ses travers ,
Ses folles passions, ses caprices divers ,
Quoique soumis par-tout à des lois éternelles,
S'offrent, selon les temps , sous des formes nouvelles.
Avant que le destin, ou le courroux des cieux
Eût divisé la France en partis furieux,
Nous chantions : nous portions notre gaîté folâtre
A la ville, à la cour, à l'église, au théâtre.
Un quatrain réparait la perte d'un combat;
Un bon mot devenait une affaire d'état ;
Les manières des grands, leurs soupés , leur parure ,
L'histoire du boudoir, l'énigme du Mercure ,
De *Gluck*, de *Piccini* les débats éclatans
Remplissaient seuls alors nos joyeux passe-temps.
Aujourd'hui les Français , entourés de ravages ,
Pensifs , mornes , chagrins , sans en être plus sages ,
Discutent gravement ; réforment à leur choix
Les traités , les impôts , les cultes et les lois ;
Tirent, même du bien , de sinistres augures ;
Cherchent, dans le présent, des misères futures;
S'imputent à l'envi les forfaits abhorrés
Dont ils souffrirent tous , qu'ils ont tous tolérés ,

Et, ranimant ainsi des feux prêts à s'éteindre,
Ne savent plus hélas ! que hair et se plaindre.
Ils quittent leurs chansons, leurs galans madrigaux
Pour d'obscènes romans écrits sur des tombeaux.
Des honneurs, qu'ils briguaient, voyant tarir la source,
Armés de leur patente ils assiègent la Bourse,
Se dépouillent l'un l'autre ; et, dans chaque cité ,
Vivent d'agiotage et de vénalité.
Que dis-je ? nos écrits aussi bien que nos vices ,
Ont éprouvé du sort les bizarres caprices.
A l'époque où *Voltaire* ébranlait à la fois
L'antique autorité des prêtres et des rois ,
Raillait tout ce que l'homme ici bas déifie ,
Et dressait un autel à la philosophie ,
De la philosophie apôtre déclaré,
Du nom de philosophe à son tour décoré ,
Chaque écrivain, au joug soumettant chaque rime ,
Pour chacun de ses vers trouvait une maxime.
Mais *Delille* parut. Il peignit les moissons,
Il arracha la palme au peintre des saisons.
Dès-lors on ne vit plus qu'images surannées ,
Par la main du hasard l'une à l'autre enchaînées :
Le zéphir, en tout temps , agita les roseaux ;
En gerbes de cristal on suspendit les eaux ;
De tapis d'émeraude on para la vallée ;
Le chêne balança sa tête échevelée ;
La rose vit par-tout, sur son sein vierge encor ,
Les larmes du matin trembler en gouttes d'or.
Ecrire sans penser devint un art suprême.
On mit *les prés, les monts, les forêts* en poème :
On célébra *la plante*, on consacra *des fleurs*,
Les vertus, les amours, et les mille couleurs.

Nos campagnes enfin, dans Paris transportées,
Y furent, pour vingt sous, sur les quais achetées;
Et, l'éclat tenant lieu d'esprit et de talent,
Tout vers enluminé fut un vers excellent.
Heureux qui, de ces traits saisissant l'assemblage,
Peindrait fidèlement les travers de notre âge !
Lucile et Juvenal, Horace et Despréaux
Ont, par la ressemblance, illustré leurs tableaux.

Tu le sais, cher Sioard. Ces auteurs, pleins de gloire,
Qui des fous de leur temps écrivirent l'histoire,
Plairaient, même à ton cœur, s'ils eussent, dans leurs vers,
En châtiant la faute, épargné le pervers.
Mais ils nomment souvent : et tu crains qu'une rime
N'érige, sous ma main, leur exemple en maxime.
« Verra-t-on, me dis-tu, les apprentis censeurs,
» Que vous aurez armés sur l'autel des neuf Sœurs,
« Devenir pour chacun des juges implacables ?
» Puniront-ils les noms? Les noms sont-ils coupables ?»
Je t'entends. Et du vœu, que forme ta pitié,
Par respect pour mon art, j'accueille la moitié.
Je livre à tes mépris le délateur infame
Qui, sur des faits obscurs, prompt à verser le blâme,
Va, pas à pas, dans l'ombre, au citoyen discret
De ses goûts, de ses mœurs arracher le secret.
Je veux que la satire, et plus noble et plus sage,
De ses terribles droits connaissant mieux l'usage,
Attende, pour citer l'homme à son tribunal,
Que ne discernant plus le bien d'avec le mal,
Par d'insolens écarts, par une audace extrême,
Par des excès publics il s'accuse lui-même.
Les femmes sont encore à l'abri de ses coups.
Chez les Français, la mode excuse tous leurs goûts;

Juges intéressés, respectueux complices
Nous sommes trop polis pour démasquer leurs vices.
D'ailleurs, le même trait blesserait, en passant,
Et l'épouse coupable et l'époux innocent.
Me préserve le ciel d'une telle victoire !
Mais ces vains aspirans aux palmes de la gloire,
Ces peintres, ces acteurs, ces artistes divers,
Ces éternels faiseurs et de prose et de vers,
Qui s'élèvent portés sur les aîles d'Icare,
M'appartiennent de droit. Oui, oui, je m'en empare.
Ils naquirent pour moi, pour eux je rimerai ;
Ils impriment leurs noms, je les imprimerai.
— Quoi ! l'habile écrivain, celui dont les ouvrages
Ont vingt fois du public mérité les suffrages,
Si le sort, un moment, trahit son Apollon,
Se verra, dans vos vers, bafoué ! — Pourquoi non ?
Dans la main du censeur qu'importe la férule,
Si le talent excuse une œuvre ridicule ?
Que devient l'équité, si de nos froids bons mots
Nous poursuivons toujours les sots, les pauvres sots ?
— Sur eux, répondra-t-on, vous ne pouvez trop dire :
Chacun de leurs essais provoque la satire. —
Point du tout. Dans le cours de leurs égaremens,
Ils ont, comme les fous, de lucides momens.
J'en ai vu du bon goût démentir les oracles,
Et, sans trop y songer, faire aussi leurs miracles.
Vous souriez, lecteur. En ai-je moins raison ?
Au père du *Lévite* on doit *Agamemnon* ;
Le badin Vaudeville, épurant son langage,
Sans calembourg naguère a fait parler un sage ;
Et *Mercier*, de Newton adversaire obstiné,
Dans le journal d'hier n'a pas déraisonné.

Puis un mauvais rimeur, qui voit broncher sa muse,
A, dans tous ses écarts, le destin pour excuse.
Demandez à *Chazet*. Né sans verve et sans goût
Chazet vous répondra : « Si je tombe par-tout
» Est-ce ma faute hélas ! du ciel, malgré moi-même,
» J'accomplis, en tombant, la volonté suprême. »
Mais que dira *Parny*, *Parny* dont les essais
Avaient promis au Pinde un Tibule français,
Et qui, pour l'Arétin abandonnant Ovide,
Peintre licencieux, narrateur insipide,
Unit, sur le duvet, par d'indignes liens,
A l'Apollon des grecs la Vierge des chrétiens,
Viole des autels les sacrés privilèges,
Et distille l'ennui dans des vers sacrilèges ?
Croyez-moi, fiers censeurs, acquittez vos sermens ;
N'ayez pas pour les noms de vains ménagemens.
Infligez à chacun la peine de son crime :
Arrachez, s'il se peut, le voile à l'anonyme.
Et lorsque votre voix se laisse désarmer,
Ou du moins s'interdit le plaisir de nommer,
Assemblez tant de traits, dans un cadre fidèle,
Que tous les yeux soudain devinent le modèle.
Tremblant en pareil cas d'être mal entendu,
Et de tenir dans l'air mon glaive suspendu,
Pour assurer mes coups, je dirais par exemple :
Il s'agit d'un vieillard que tout Paris contemple ;
D'un rimeur compassé, d'un prosateur disert
Dont la bile s'allume au seul nom de *Gilbert* ;
D'un traducteur jaloux qui, dans sa folle audace,
Avant que d'expirer veut immoler le Tasse.
Ses drames, ses quatrains, ses odes, ses couplets,
Ont fait, pendant trente ans, renchérir les sifflets.

Sur le tombeau d'un prince, il évoque, il rassemble
Les morts et les vivans pour les juger ensemble.
Voilà le personnage. Il disserta toujours :
Ses cours sont des journaux, ses journaux sont des cours.
Qu'en dirai-je de plus ? Emule de Prothée,
Avant qu'il fut dévot il se croyait athée ;
Il dédiait aux rois ses Eloges moraux
Avant que sa minerve eût chanté leurs bourreaux,
Et qu'on l'eût entendu, sur nos places publiques,
Analyser la rage en vers patriotiques.
A peine ai-je achevé, c'est lui-même, dit-on,
Et de *La Harpe* alors je puis taire le nom.
Or, mes amis, tels noms que le vulgaire prône,
Sont de petits tyrans. Il faut saper leur trône.
Votre balance en main, prononcez librement;
Sachez sur l'œuvre même asseoir le jugement.
Comptez pour rien l'auteur, ne voyez que l'ouvrage.
Il n'est pas d'équité sans un peu de courage.
De quelque part que vienne un écrit ennuyeux,
Fut-il d'un sénateur, pour ne pas dire mieux,
Dirigeons contre lui notre zèle intrépide,
A moins que l'amitié ne lui serve d'égide.
    L'amitié, sur nos cœurs, doit conserver ses droits
En dépit d'Apollon, du Pinde et de ses lois.
Venger le goût ! flétrir un absurde poème !
L'enfoncer dans la tombe ! est un plaisir suprême.
Mais respecter le nœud que le cœur a serré,
Est un effort si doux ! un devoir si sacré !
Pour moi, de mes amis esclave volontaire,
Sur eux, sur leurs travaux je sais toujours me taire.
Je laisse à des censeurs, un peu plus aguerris,
Le droit de tout juger dans leurs moindres écrits,

Et d'y voir des défauts échappés à ma vue.
Aussi lorsqu'un quidam, d'une ardeur imprévue,
Se présente à ma porte ; et, trop bon de moitié,
Veut, je ne sais pourquoi, m'offrir son amitié ;
Je crie à mon valet : « Un moment, qu'on l'arrête,
» Demandez-lui son nom. Cet homme est-il poète ? »
— Oui, monsieur, il soutient que, malgré les méchans,
Tout Paris a déjà lu *ses quarante chants.* —
« Dans ce cas, de ses soins faites qu'il me dispense.
Dites-lui que je dors, dites-lui que je pense ;
Dites-lui que, par Suë, un breuvage apprêté
Fait, depuis ce matin, la guerre à ma santé ;
Et qu'une excuse enfin de l'auteur me délivre.
C'est bien assez, je crois, de connaître son livre ! »
Par bonheur le Destin, prévoyant le danger,
Voulut qu'à cent rimeurs je vécusse étranger :
Aucun nœud ne me lie à *Masson*, à *Favière*,
A *Chaussard*, à *Pigault*, à *Cournand*, à *Pinière*,
Je n'ai jamais trouvé *d'Arbaud* sur mon chemin ;
Jamais à *Mazoyer* je n'ai serré la main :
Nisas ne sait pas même en quel quartier j'habite.
Ainsi de mes sujets je conserve l'élite.
Dans mes cadres malins prompt à les rassembler,
Dès qu'ils auront écrit, je pourrai les siffler.
Ils voudront m'en punir. Enflammés de colère,
Ils me déclareront méchant, atrabilaire,
Froid auteur, juge inique, et citoyen pervers.
Devant les magistrats ils citeront mes vers.
Ridicules efforts ! absurdes stratagêmes !
La satire est utile aux magistrats eux-mêmes.
Ils savent applaudir à son zèle discret
Lorsque, changeant de ton, de couleurs et d'objet,

Mêlant, dans ses avis, la sagesse au courage,
Elle élève la voix et leur tient ce langage.
 « L'ordre succède enfin aux horreurs du chaos.
» L'olivier de sa palme ombrage nos héros ;
» L'hydre des factions rentre dans son repaire.
» Vous avez beaucoup fait. Combien il reste à faire !
» Ici, voyez tarir les sources du savoir,
 « Et l'intrigue, en secret, marchander le pouvoir ;
» Plus loin voyez Thémis, dans ses efforts déçue,
» D'un dédale de lois chercher envain l'issue ;
» Par-tout voyez l'usure et le jeu brévetés
» Composer leur butin de nos calamités.
» Ne détruirez-vous pas le monstre plus barbare
» Qui corrompt les époux, et vivans, les sépare ?
» Témoins des longs excès, des désordres impurs,
» Qu'une ardente jeunesse affiche dans nos murs,
» N'oserez-vous jamais, d'une main protectrice,
» Du pouvoir paternel relever l'édifice ?
» Au cœur des citoyens n'affermirez-vous pas
» Le respect des traités et la foi des contrats ?
» O sinistres effets d'une docte ignorance !
» Cinq codes, en dix ans, ont gouverné la France ;
» Des milliers de Solon, réformateurs d'un jour,
» Sur la scène, en costume, ont passé tour-à-tour ;
» Ils ont mis le bonheur, la sagesse en système,
» Et nos droits, nos devoirs sont encore un problême !
» Nous avons fait long-temps de nos livres moraux
» Des discours, des décrets, des rapports, des journaux,
» Et l'athéisme, en paix proclamant ses maximes,
» Etouffe les remords pour enhardir les crimes.
» Enfin dans les emplois, l'œil apperçoit encor
» Tels de ces factieux, repus de sang et d'or,

» Qui n'aguère, au carnage excitant leur furie,
» Avec le fer des lois mutilaient la patrie.
» Hâtez-vous, armez-vous de votre autorité;
» Rendez tous ces brigands à leur obscurité. »
De la Satire alors comment blâmer le zèle?
Propice aux citoyens, aux magistrats fidèle,
De l'état, du pouvoir conciliant les droits,
Ce zèle les seconde et les sert à-la-fois.
Elle suit donc le cours de sa vaste carrière,
Sur chaque vérité répand quelque lumière,
Inspire un peu d'effroi, se plait à l'avouer,
Et ne s'interdit pas le plaisir de louer.
Non qu'elle aille pourtant, sous de riches portiques,
Imiter d'*Esménard* les odes narcotiques,
Verser, à pleines mains, l'encens et les pavots,
Au soupé d'un ministre endormir un héros,
Et, de tous ses exploits psalmodiant l'histoire,
Lui faire dans un bal un tourment de sa gloire.
Mais, lorsque ce héros, à ses yeux satisfaits,
Se montre, environné des heureux qu'il a faits,
Elle lui dit, sans art, simple comme lui-même :
« L'Europe vous estime et la France vous aime. »
Si le sort, sur ses pas, conduit *Barthélemi*,
Où tel autre mortel, dans le bien affermi,
Elle accourt empressée, et l'arrête au passage
Pour lui donner le nom de véritable sage.
Sous sa plume l'éloge, au mérite adressé,
Est d'autant plus flatteur qu'il n'a rien de forcé.
Le naturel jamais ne perdant son empire,
Sitôt qu'il faut louer, elle craint de trop dire;
Et, quand le mal se montre à ses yeux courroucés,
Elle tremble toujours de ne pas dire assez.

Jalouse de tenir tout ce qu'on attend d'elle
Jusqu'à l'acharnement elle porte le zèle :
Ce qu'elle a déjà peint, elle le peint encor;
L'obstacle, en l'irritant, ajoute à son essor.
Un magistrat vénal brave-t-il son audace?
Elle le flétrissait, elle veut qu'on le chasse.
Une loi, dont le temps révéla les défauts,
Résiste-t-elle au choc de ses premiers assauts?
Elle appelle l'honneur, la justice à son aide,
Et, pour capituler, attend que la loi cède.
Ainsi le fier *Caton*, d'abord mal écouté,
Des mêmes attentats sans cesse révolté,
S'écriait, chaque jour, plein du même courage :
Songez, songez, romains, à détruire Carthage.
   Ces préceptes, Sicard, ces exemples divers
En code satirique assemblés dans mes vers,
Répondent mal aux vœux que formait ta prudence.
Au lieu de l'appaiser j'irrite la Vengeance.
Rassure-toi pourtant. Mon bonheur, mon repos
N'est point à la merci des méchans et des sots.
Je sais rire au besoin de ces vaines brochures,
Où le ressentiment entasse les injures,
Et dont le pauvre auteur, follement irrité,
M'apprend, sans le vouloir, que mes coups ont porté.
Ami de la vertu je permets à l'envie
De répandre à longs flots ses poisons sur ma vie.
Que puis-je redouter de sa noire fureur
Quand j'ai, pour moi, ton nom, ton estime et ton cœur?

NOTES.

Landon plaida leur cause
Au tribunal public, en dix lignes de prose.

Sa petite dissertation fut imprimée dans le Journal de Paris. Il y défendait sur-tout la gloire des Peintres, ou plutôt il m'attaquait comme si j'avais attaqué moi-même les David, les Gérard, les Guerin. Et cependant revoyez ma liste; vous y trouverez.... Poursuivons....

Granié, dans un pamphlet, me prodigua l'injure.

Ce pamphlet, publié sous le voile de l'anonyme, avait pour titre : *Consultation sur Joseph Despaze, satirique de quinze jours.* Il fut répandu avec profusion et gratis, et comme s'il eût entré dans le calcul de son auteur de me nuire d'autant plus que je l'affectionnais davantage.

Boilly me menaça d'une caricature.

Cette caricature aurait été achevée, elle aurait obtenu les honneurs de l'exposition, que je n'en rendrais pas moins justice à Boilly. Ses ouvrages ont, pour la plupart, une touche originale, et fixent souvent, au Salon, les regards des spectateurs. Mon seul but, en l'attaquant, fut de mettre un artiste distingué en garde contre un défaut principal, l'abus des couleurs tranchantes.

De bons mots, de brocards, je me vis accablé.

Villiers, dans un seul recueil (le Chiffonnier), me gratifia de douze épigrammes assez piquantes. Malheureusement pour sa gloire, il n'est pas auteur de tout ce qu'il publie. Il a de nombreux collaborateurs, et son accord avec eux porte en substance : « Vous écrirez et je signerai; vous aurez l'esprit et moi le courage ». Honneur à l'aggrégation.

> Ce n'est pas tout, Dubost voulut punir l'audace
> D'un U qui, dans mes vers, d'un A surprit la place.

Mon imprimeur, en parcourant le manuscrit de ma seconde Satire, lut *Dubos* au lieu de *Dabos*; il imprima comme il avait lu, et *Dubost* se crut attaqué. Telle fut la cause plaisante d'un débat assez sérieux.

> Heurteloup et Vergez allégeant ma souffrance.

L'un est président, l'autre est secrétaire du conseil de santé établi près le ministère de la guerre. Ils ont tous deux exercé leur art avec distinction dans les armées françaises. Ils sont tous deux prodigues de ces soins empressés, de ce zèle affectueux qui, dans leur état, double le prix de l'expérience et du savoir.

> Pillet-Dandin, fidèle à ses premiers sermens,
> Dans quatre longs extraits jugeait mes jugemens.

Ces extraits ornèrent pendant quatre jours les numéros des *Rapsodies*, petit Journal en prose et en vers, qui a passé rapidement, comme tout ce qui brille sur la terre.

> Lemercier m'expliquait cet art si difficile
> D'unir au naturel l'élégance du style.

Or le style de *Lemercier*, lorsqu'il n'est pas prosaïque et plat, devient bizarre et gigantesque. Pour vous en convaincre, lisez *Ophis*, lisez *Alexandre et Homère*, lisez les *quatre Métamorphoses*, lisez les trois *Fanatiques*, lisez tout ce qu'il a écrit avant et depuis *Agamemnon*, pièce trouvée on ne sait comment. (Alfiéri le sait un peu).

Et le bon Mazoyer, qui mit, quoiqu'on en glose,

Mazoyer était encore très-jeune, et n'avait que des connaissances mal digérées, lorsqu'il entreprit, au licée *Thelusson*, un cours de littérature. Ce cours ne dura que trois mois. Mais, pour faire oublier trois mois employés ainsi, il faut une vie entière.

Transformant, dans ses jeux, pour plaire à son idole,
Le carnage en calcul et le sang en pactole.

Tout le monde sait que Barrère a dit, dans le temps de la terreur : *on bat monnaie sur la place de la Révolution;* ce qui signifiait en d'autres mots : *le fisc a d'autant plus de ressources que la hache coupe de têtes.*

Ces couplets où des fous, que le hasard rassemble,
Font lutter chaque soir deux théâtres ensemble.

Les fous que je désigne ici ont, pour la plupart, de l'esprit; mais l'esprit ne saurait excuser ce que la raison condamne. Or il est déraisonnable d'opposer tant de passions les unes aux autres; il est souverainement injuste de condamner tant de personnages en bloc, et de traduire comme on l'a fait, *les Français au Vaudeville, le Vaudeville aux Troubadours, et les Troubadours aux Italiens.*

Ces extraits où l'auteur, par lui-même vanté,
Se départ le génie et l'immortalité.

Dans ce cas nous avons beaucoup d'immortels, car beaucoup d'auteurs, le jour de leur publication, se présentent chez les journalistes, un exemplaire d'une main et une analyse de l'autre. Il est vrai qu'il leur arrive quelquefois d'être éconduits à moitié.

Fait, pour l'amusement de l'esprit et des yeux;
Dans la tête d'un homme entrer vingt mille Dieux.

Les Dieux du Paganisme seraient moins nombreux ; on n'en compterait que vingt au lieu de vingt mille , qu'il serait toujours extravagant de les loger dans un cerveau; et c'est ce que fait Lemercier , puisqu'il dit, en parlant d'Homère :

Sa vaste tête, Olympe ouvert à tous les Dieux.

Un pareil vers est à l'abri d'une censure détaillée. La langue n'a pas d'expression pour le caractériser ; elle n'avait pas prévu que le mauvais goût, la recherche et l'exagération pussent jamais aller si loin.

Quand Jouard, dans son mot, vante la médecine,
Les Femmes, Pelletan, Despréaux, la Vaccine.

Dans la petite brochure intitulée : *Un mot sur le mérite des Femmes* , on trouve réellement de la littérature, de la médecine , de la métaphysique , de la politique et des romances. Je l'ai dit en vers et le répète en prose, parce qu'il est des choses qu'on ne saurait trop affirmer lorsqu'on ne veut pas avoir l'air d'un railleur qui invente.

Pour un vers malheureux à sa muse échappé.

Allusion à ce vers de Nisas :

Duc de Montmorency , retournez en prison.

Le parterre le trouva niais , et en rit beaucoup.

Quand Esménard , long-temps éloigné de nos bords,
De son parti vaincu reconnaissant les torts.

Qu'*Esménard* ait vécu à Hambourg durant nos jours de calamités , je ne m'en étonne point. Qu'il ait trouvé le moyen de rentrer en France dans des temps plus heureux, je m'en réjouis ; mais qu'il ait protesté de son civisme pour obtenir un emploi ; qu'il soit devenu, comme chef du bureau des théâtres, régulateur du civisme d'autrui ; qu'il ait ajouté aux rigueurs de ses fonctions, par la manière dont il les a exercées ; qu'il ait prétendu dicter la loi en littérature, lui dont tant de gens ignorent encore le nom..... Voilà ce que je ne saurais lui pardonner, quoique je n'aie jamais soumis de drame à son examen, quoiqu'il ne m'ait jamais régenté dans le Mercure.

> Quand l'AIMABLE VIEILLARD, au bon goût immolé,
> Rend le dernier soupir dans les bras de Molé.

Il fallait que cette comédie fût bien mauvaise, puisque Molé ne put la soutenir, malgré l'ardeur de son zèle et le prestige de son talent.

> Ces peintres, ces acteurs, ces artistes divers.

A propos d'acteurs, ne voilà-t-il pas qu'il nous en arrive de tous les côtés ? Quatre ou cinq débuts ont eu lieu depuis quelque temps, et l'on en prépare quatorze ou quinze. Il n'y a pas grand mal à cela : nous ne pouvons pas y perdre, et nous y avons beaucoup gagné. *Lafont* justifie l'accueil brillant qu'il a reçu du public : il joint à un grand à-plomb une haute intelligence : il excelle dans l'art, si précieux, de briser, par le débit simple, la monotonie de la déclamation soutenue ; il joue, avec supériorité, Achille, Orosmane, Tancrède, Rodrigue, Antoine, Vendôme, et généralement tous les rôles qui ne se trouvent pas en opposition trop directe avec ses moyens physiques ; ses détracteurs eux-mêmes sont forcés de convenir qu'il rappelle souvent les beaux jours de la scène française, et qu'il doit puissamment concourir à les ressusciter. Mademoiselle

Volnais ne peut pas , à quinze ans, être citée avec tant d'éloge. Il y a encore de la faiblesse , de l'uniformité dans ses tons ; mais la nature et l'étude ont fait beaucoup pour elle : son regard est expressif, son geste est facile , et sa diction pure ; elle unit, à un organe enchanteur, une sensibilité exquise ; elle possède , au plus haut degré, le sentiment de l'harmonie poétique , et mérite enfin les vers suivans qu'un anonyme lui a adressés dans les journaux :

> Les arts ont orné votre esprit,
> Les amours ont paré vos charmes ;
> Mais votre cœur seul vous apprit
> Le secret de verser des larmes.
> Racine même , grâce à vous ,
> A mieux cet accent qui nous touche ;
> Ses vers semblent encor plus doux
> Quand ils sortent de votre bouche.

> Au père du Lévite on doit Agamemnon.

Le Lévite est une tragédie que Lemercier a faite sans le secours d'Alfiéri.

> Le badin Vaudeville , épurant son langage,
> Sans calembourg naguère a fait parler un sage.

Il s'agit de *Monsieur Guillaume*, pièce charmante, où l'on trouve tout-à-la-fois du bon esprit, de l'intérêt et de la raison. Choses rares au Vaudeville.

> Et Mercier, de Newton adversaire obstiné,
> Dans le journal d'hier n'a pas déraisonné.

Ceci n'est qu'une supposition.

> Chazet vous répondra : Si je tombe partout.

Pauvre *Chazet*! la confiance, la présomption l'a perdu. Il s'est fait jouer si souvent sur les petits théâtres, il a lu tant de pièces fugitives dans les lycées, il a chanté

dans les salons tant de couplets impromptus qu'il est
devenu par-tout un sujet de raillerie et de pitié. Tant
de revers néanmoins ne le découragent pas : il élève,
sur les ruines de ses quatrains, une tragédie en cinq
actes et met, dit-on, des calembourgs dans la bouche
de Melpomène. Dieu veuille encore que ces calembourgs soient de lui! car il ne combat jamais sans
forces auxiliaires. Ceux qui en douteraient, pourront
s'en convaincre en lisant la petite épître dont il va me
gratifier. Sur soixante vers il en aura pillé trente, et
ses amis en auront fait vingt.

> Mais que dira Parny, Parny dont les essais.

Il serait trop pénible à la Satire même de citer *Parny*
sans en dire du bien. Cet auteur est du petit nombre de
ceux qui ont fait preuve d'un véritable talent. Il écrit
avec autant d'élégance que de pureté ; on ne saurait
avoir ni plus de goût, ni plus de grâce. Son *Eléonore*
sera immortelle comme la *Laure* de Pétrarque. Mais
pourquoi publiait-il *La Guerre des Dieux anciens et
modernes ?* pourquoi veut-il ajouter dix chants à ce
poëme déjà trop long ? Comment ne sent-il pas que son
sujet est vieilli, que ses plaisanteries sont froides et
révoltent, au lieu d'égayer, parce qu'elles portent
indirectement sur la faiblesse et le malheur ?

> Il s'agit d'un vieillard que tout Paris contemple.

La Harpe, en publiant ses Lettres au chambellan de
Catherine, en portant l'oubli de toute pudeur jusqu'à
consigner, dans le même volume, des principes absolu-
ment contraires, en froissant des milliers d'intérêts sans
aucun but d'utilité, en attaquant des acteurs qui ont
quitté la scène, en poursuivant des auteurs qui n'écrivent

plus, en insultant au mérite, à la réputation, à la vieil-
lesse et à l'infortune ; en se jouant des lois de l'honneur
comme des arrêts du Public ; en imprimant des extraits
iniques sur les ouvrages et des notes odieuses sur les
personnes ; La Harpe, dis-je, a donné à chacun le droit
de juger en lui l'auteur, l'homme et le citoyen. J'en
use, pour ma part, sans ménagement, mais sans ran-
cune.

Les premiers volumes de son *Cours* suffiraient pour
lui assurer une gloire durable. Les principes, mis en
pratique par les écrivains du siècle de Louis XIV,
y sont développés avec autant de goût que de raison,
avec autant de justesse que de profondeur. Mais aussi
c'est son plus beau titre. Il quitte le premier rang dès
qu'on cesse de voir le littérateur pour envisager le
poète. En effet, la plupart de ses tragédies seraient
oubliées, on ne saurait plus qu'il a fait *Jeanne de Naples*,
*Menzicoff, Timoléon, Gustave, Pharamond, les Brames,
les Barmecides*, s'il ne venait de rappeler leur chute
en rappelant leur existence. Warvic, Philoctète, Mé-
lanie, jouissent d'un meilleur destin ; et malgré cela,
il serait ridicule de les comparer aux Chefs-d'Œuvres
de Corneille, de Racine, de Voltaire ; ses Odes ne
perdraient pas moins si l'on les mettaient en parallèle
avec celles de Jean-Baptiste ; ses Pièces fugitives sont
de beaucoup inférieures à celles de Gresset, de Bernis,
de Bernard, de Boufflers, de Parny, de Dorat lui-même.
Il n'a ni assez de souplesse, ni assez de grâce, ni
assez d'esprit pour le genre léger. Dans le genre noble,
il manque essentiellement de coloris, d'élévation et
de verve. En un mot on le désignait, avant la publication de *sa Correspondance*, comme un poète du

troisième ordre. Il n'a, certes, rien gagné ; et il a perdu quelque chose.

Ses digressions morales et politiques ont naturellement reporté l'attention sur sa vie privée et publique. Les gens qui ne le connaissaient pas bien ont voulu savoir ce qu'était au juste ce grand redresseur de torts. Voici ce qu'on leur a répondu : « *La Harpe* naquit » envieux, ingrat, haineux, insociable. Il n'a jamais » pu supporter ni l'ombre d'un rival , ni l'apparence » d'une contradiction ; il a toujours eu l'outrage à la » bouche et au bout de la plume ; il a trahi ceux qui » l'ont aimé, il a diffamé ceux qui l'ont servi. Epoux » deux fois, il dévore sur ses vieux jours, et par sa » faute, les ennuis du célibat. Philosophe, pendant » trente ans , il porta l'incrédulité jusqu'à l'intolérance, » il marcha sous les drapeaux des hommes qui vou- » laient dès-lors *etrangler le dernier Roi avec les* » *boyaux du dernier Prêtre :* et maintenant il ne parle » que de religion ; il quitte une table de vingt convives » pour s'agenouiller à l'écart ; il fait rougir par ses » simagrées, la véritable piété ».

On croit généralement qu'il a pris en haine les forfaits de la révolution. On se trompe. Il n'en veut pas aux conspirateurs, parce qu'ils ont mutilé la France ; il les abhorre parce qu'ils ont incarcéré La Harpe. Jusqu'au jour de son incarcération , il trouva tout bien. Non-seulement il ne chercha pas à éteindre l'incendie, mais encore il prit plaisir à l'attiser. Ses derniers numéros du Mercure sont un long tissu d'extravagances et d'horreurs ; il y laisse entendre , de mille manières, que tout lui paraît légitime contre les Français réputés *fanatiques ou aristocrates*. Il a plus fait. On a vu

ce démagogue en cheveux blanc *fraterniser en personne
avec la horde des jacobins* ; on l'a vu monter à leur
tribune *pour leur dénoncer les acteurs* qui venaient de
jouer Gaston et Bayard, *pièce infectée de servitude* ; **on**
l'a vu s'élancer, *en bonnet rouge*, sur le théâtre de la
République, pour y déclamer une hymne où il fête
la liberté (après le triomphe de la *montagne*); où il
parle *des conspirateurs desarmés* (après le désarmement
de la garde nationale), et des *conspirateurs punis* (après
les massacres de septembre). A ce souvenir la plume me
tombe des mains. Il ne me reste que la force de crier au
converti : Repentez–vous, gémissez, priez, portez le
cilice et la haire, implorez le Dieu des miséricordes.
Peut-être il vous entendra. Mais ne vous érigez plus
en censeur politique, ne prononcez plus le nom de
morale, ne donnez plus de leçons. Personne n'en veut
recevoir d'un hommè, d'un citoyen tel que vous.

Aucun nœud ne me lie à Masson, à Favière,

A Chaussard, à Pigault, à Cournand, à Pinière.

Masson est auteur du Poëme des *Helvétiens*, ouvrage
dont le moindre défaut est d'être mal écrit. *Favière* a
donné aux *Français l'Aimable Vieillard*, comédie
tombée avec fracas. J'ignore ce qu'a fait Chaussard et
n'ose pas m'en informer. Cournand m'embarrasse à
son tour : si je parlais de son Achiléide, ses élèves
croiraient peut être....... Disons-leur plutôt que de
très-mauvais poètes ont été de très-bons professeurs.
La fécondité de Pigault surpasse celle de feu Scudéry :
il se couche avec un sujet de roman en tête ; il se lève,
prend la plume, et le soir le roman est à l'impression.
Quant à Pinière, il ne s'est pas borné, comme ses
rivaux, à esquisser la fin du dix-huitième siècle ; il a

peint le siècle tout entier, et est devenu, par ce tour de force, *le Nicolet de la Satire.*

Je n'ai jamais trouvé d'Arbaud sur mon chemin.

D'Arbaud vient d'imiter en vers les poésies Bardes, et se croit tout au moins le rival de Lormian. Mais il y a aussi loin de Lormian à d'Arbaud, que de Juvenal à Pinière.

Imiter d'Esménard les odes narcotiques.

L'éloge mérité n'a rien que d'estimable en soi, lorsqu'on sait l'offrir à propos. Mais suspendre un banquet de six cens convives ! Mais se placer en face d'un héros pour le condamner à entendre quarante strophes ! le distraire de ses plaisirs ! l'importuner au moment même où il trouvait sa plus douce, sa plus flatteuse récompense dans la joie de tout ce qui l'entourait ! en vérité, je ne le croirais pas si je ne l'avais vu de mes propres yeux. Jamais on ne porta plus loin l'oubli des convenances; jamais aussi zèle indiscret et gauche ne fut mieux apprécié. Pendant que le rimeur en extase prodiguait un fade encens, le Héros, dans l'impatience, dissimulait mal son ennui. Sa délicatesse était à la gêne, sa fierté à la torture, et chacun s'en apercevait; chacun semblait lui dire des yeux : « Tout s'expie sur la terre; » on n'est pas grand homme impunément ».

F I N.